집에 가고 싶다

강선영

오비올프레스

집에 가고 싶다

시인의 말

해가 뜨는 현장에 자주 있었다
집 앞에서 바라보는 전망
산허리 안개
수탉우는 소리
해와 바람과 비-그리고 봄 여름 가을 겨울
희석되지 않은 아침 공기를 마시며
바람이 지나가는 소리를 들었다
그때부터인지… 중요시 여겼던 일들이
별로 중요한 일이 아님을 알게 되었다
사는 게 좀 쉬워졌다

집에가고싶다

차례

3부

1부

보들레르 중개사

아침에
셋방을 얻으러 온 까치에게
미루나무를 소개해 주고
오후엔 보들레르를 읽었다

보인다 보인다
들린다 들린다
말은 했지만

듣는 귀와 보는 눈이 없어
까치 울음소리만
더 크게 들렸다

밤낚시

붕어다

퍼더덕 퍼더덕

부박한 생!

는개가 뽀얗게 살갗을 적셨다

어두워지자 야광찌가 더욱 또렷해 졌다

한 칸 반 낚싯대 끝이 가만히 흔들렸다

눈물 없이 울었다

척!

낚시 바늘이 나를 낚았다

시창작 교실

마트에 갔는데 고등어가 세일판매 중이다
선생이 고등어 대가리를 자르듯 시 목을 댕강 잘랐다
고등어 목에선 피가 흐르지 않았다
꼬리를 자르고 몸통을 갈랐다
고등어가 목 잘린 동백을 닮았다
띠아모 아모레는 사랑해 라는데
고등어는 동백이 되었다

시인이 되려면
연금술사가 되어야 했다
혁명의 도구여야 했다
노래를 불렀다
그 시를 읽으면 그 사람을 알 수 있다는데
너무 가렵다

써놓고 보니 슬픈 말이다

예전보다 짧아진 머리 때문에
하마터면 못 알아볼 뻔했다

오랜만이라고 간단한 국수를 먹을 때도
저녁에 만날 사람 생각뿐
국수에는 관심조차 없었다

짧게 깎은 머리 때문에
길어진 얼굴

서로 잠시 목을 숙일 뿐
인사말도 제대로 하질 못했다

이젠 어디서고 기다리지 않는 사이

써놓고 보니 슬픈 말이다

과꽃

과꽃이 꽃문을 열었다
임자도 없이 바람을 불러 들였다
꽃다운 시절이라 했던가
아름다움에 감동되어
꽃잎에 살살 나부껴 보았다
꽃이 말을 걸어왔다
사람에게 말을 걸다니
잘못 들은 줄 알고 귀를 귀울였다
하루쯤 쉬어 갈 것을 권했다
오랜만에 들어 보는
위로의 말 이었다

한 줄 메모장에 적혀 있는 하루

시인으로 살고는 싶지만 시인인지는 모르겠다
남들이 말하는 시인은 아니다
시를 유사하게 흉내 내다 보면 쓸 수는 있는 걸까?

비가 오려나 빨래가 마르지 않는다
봄볕은 땅으로 스미는데
가을볕은 땅으로 내려앉기 전에 부서진다

그럴 수 있다
생각했던 게 아닌 경우도 많다

휴일이 갔다
다시 시작 한다
어떤 게 다가 오려나
아, 아카시아 향이 오겠구나

덥다
치마를 샀다
좀 많이 짧다

아가씨 때도 입어보지 못한 짧은 치마다

사소한 하루하루가 쌓여 계절이 변해간다
기억할 건 너무 많지만 내가 나를 잊었다

찔레꽃 피니

잠자는 듯 고요한 한 낮
검은등뻐꾸기 운다

홀딱벗고!
홀딱벗고!

대낮에 홀딱벗고 라니
못다 푼 정이라도 나누나

한데
그 사연 알고 보니 슬프다

적막한 골짜기
찔레나무 가지마다 하얀 꽃 활짝 폈다

하얀 찔레꽃
그대가 본 다음에야 시든들 어떠리

그

그의 나이는 만으로 쉰이다
그의 키는 한국 남자 평균 키인 일 미터 칠십 쯤 된다
중년의 나이 임에도 벨트 맨 자리가 반듯하다
희끗희끗한 머리칼은 바람에도 잘 넘어 간다
그가 웃을 때 그의 치아는 하얗고 가지런하다
그가 웃으면 바람 소리가 난다
그가 저만치 서 있다

사랑은 전부가 추측이다

새여

7월이 되면서 잔디가 무성해졌다
밤에 고독한 호랑지빠귀가 울었다
영혼을 부르듯 저음으로
한없이 우울하고 조용하게
그 소리 들으며 먼 곳의 너를 생각했다
너는 어둠이고 빛이었다
늘 무표정과 무시로 일관했었지만
네 속으로 들어가고 싶었다
한 계절씩만 울고 떠나는 새여
어디로 사라진 것인가
먼 너는 어디쯤에 서 있는가
기다리면 오기는 하는가
오지 않는다면 무엇으로 달래야 하나
온 몸이 남루처럼 지쳤으나
잠은 오지 않았다
어쩌자고 꽃들은 유난스레 피어대는지
슬플 일이 없는데도 슬펐다

봄 꿈

무릎 위까지 바지를 말아 올리고 낡은 주전자를 손에 쥐고 우렁을 잡으러 나갔다. 논배미마다 모내기를 하려고 받아 놓은 논물이 그득했다. 오월의 따뜻한 논물은 어머니의 자궁 속처럼 부드러웠고 흙의 감촉은 발가락을 간지럽혔다. 햇빛이 반사된 수면은 거울처럼 고요하게 어룽댔다. 높은 하늘에 비춰진 맑은 논에는 살찐 우렁이 여기저기 널려 있었다. 신나게 우렁을 잡다가 눈을 번쩍 떴다. 손으로 젖은 바지를 만져 보니 뽀송뽀송했다. 꿈일까 생시일까 잠시 멍해졌다. 주변을 둘러보니 어떤 이웃도 일을 시작하기 전이었다. 논물이 찰랑거렸다. 개구리 울음소리가 산을 흔들었다. 창문을 여니 햇살이 밝게 비췄다. 아침이다.

다저녁을 쓸었다

싸리 빗자루로 다저녁을 쓸었다

붉게 피었던 꽃 진 자리도 쓸고

날갯짓 하다 떨어진 나비의 애련도 쓸고

불빛을 쫒아 온 검은 벌레도 쓸고

잘못 날아 온 낙엽도 쓸고

나의 쓸쓸도 쓸었다

기다림은 천천히 지워지고

너무 늦게 온 소식은 추웠다

아무 일 없었다는 듯이

네 슬픈 눈동자는 웃고 있지만

아무리 쓸어내도 아픈 것들은 쓸리지 않았다

내마음의 풍경

아침엔 환하던 날씨가
조금씩 우중충해진다
내마음 풍경 같다

개펄에 널려있는 게 몇 마리
외롭게 죽어 있다

밖은 따뜻한데 안은 춥다
내마음 풍경 같다

이것과 저것의 차이
이것과 저것의 경계

내가 내가 아니고
네가 네가 아니고
게가 게가 아닐 때

사랑하면 눈물 나고
아프고 나니 다 아름답다

어디고 버릴 데 없고
감동도 희열도 전하지 못한

내마음의 풍경

모종

텃밭에서 호미를 쥐고
구덩이를 파고
고추모를 이식했다

햇빛이 사라진 오후에
물을 주었더니
고추모 혈관을 타고
물이 흠뻑 스며들었다

간밤에 뚝뚝 끊어 쓴 시도
텃밭에 이식을 하면
잘 자랄 수 있을까

흙의 잣대로 시를 심었더니
흙이 발목을 잡는데 가볍다

며칠이 지나고 고추모에서
하얀 꽃이 피었다

텃밭

옆집 은숙이네는 넓은 밭을 트랙터로 갈아엎고 관리기로 반듯하게 두둑치고 곤드레 심는데, 나는 스스로 관리기가 되어 밭을 갈아엎고 돌을 골라내고 두둑을 쳤다. 말 그대로 텃밭이었으니 관리기를 쓸 수도 없다. 말이 텃밭이지 일일이 손을 써서 농사를 지어야 하기 때문에 힘들기로는 몇 배 더 힘이든 게 텃밭 가꾸기다. 그럼에도 관리기가 지나간 밭보다 작물은 형편없이 모자라다. 시도 밭처럼 관리기로 손쉽게 쓰면 좋으련만 농사도 시도 쉽게 되는 게 없다. 고랑 고랑마다 차마 드러내지 못한 마음이 아쉽다. 몇 배 공들여 모종을 해도 수확량은 그 반에도 못 미친다. 오늘도 텃밭에 앉아 호밋자루 움켜쥐고 시를 쓰듯이 한 알 한 알 감자를 심었다.

신발이 깰까봐

늦은 밤 고향집을 찾아갔는데
낯선 빈 집처럼 적막에 묻혀 있었다
그날은 개 짖는 소리도 들리지 않았다
온다는 소식을 모른 어머니는 혼자
그 큰 집에서 깊이 잠들어 계셨다
토방엔 늙어가는 어머니의 흔적이 다 묻은
울퉁불퉁해진 낡은 신발이
누눅하게 놓여 있었다
잠결에서나마 편안한 발을 위해
신발이 깰까봐
기침소리 날까봐
숨죽이고 신발 앞에서
어머니 일어나시길 기다렸다

자운영

어쩌다 간혹 꿈에서나 보이던
어머니가 무너져 가는 시골집
거기 안방 자리였던 거실에서
생전 모습 그대로
어서오너라 반갑게 맞아주셨습니다
키가 육척이나 되고 힘이 장사라
동네 쟁기질을 도맡아 하던
자대아저씨의 부고를 어제 받았는데 말입니다
마을 분들 한 분 한 분 돌아가실 때마다
한없이 안타깝고 서운합니다
며칠 입원하면 돌아갈 거라고
고사리 꺾어야 된다던 봄도
벌써 여러 번 지나갔습니다
어머니의 깊은 산 고사리도
자대아저씨 무논의 자운영도
이제는 볼 수 없습니다
그래도 봄볕은 여전히 푸르기만 합니다.

신림터널

아침에 신림터널 입구에서 보았던
내장이 터지고 몸통이 박살난 고라니 사체가
누군가에 의해 깨끗이 치워지고 없다
혹시 벼랑에 던져진 건 아닌지
내려다보니 그 밑은 그냥 풀숲

치명적인 것이 밑에 숨어 있을 것만 같다
바스락대는 소리가 들리는 듯도 하다

벼랑은
텅 빈 무덤
수없이 던져졌을 무덤이다

금방이라도
고라니가 튀어 나올 것만 같다

사체는 보이지 않았지만 냄새가 났다
숲의 냄새
유령들의 냄새

그때

고라니 울음소리가 비명처럼 들렸다

깜짝 놀랐는데

지나가는 차 한 대 보였다

가다만 길을 재촉 하자

바퀴를 누군가 잡아당기는 것 같다

엑셀레이터를 확 밟자

터널 안이었다

상원사

장마가 지나간 산길
지워진 길을 혼자 걸었다

빗소리가 망가뜨리고 떠난 길
구렁이 한 마리
붙박이로 사는 길
종소리가 밟히는 길

내가 지나가기 이전의 길
원형이 사라진 길

어디서고 꿩의 울음소리
들리지 않는 길

상원사를 혼자 걸었다

국립묘지

탄환이 박힌 뼈에

녹이 슬어있다

삼베를 태운 연기가

수천마리 흰 나비가 되어

날아간다

2부

휴일 오후

다른 음식은 못해도 국수 하나는 맛있게 끓인다는 남편이 가스불 앞에 서서

끓어오르는 국수에 찬물을 조금씩 붓고 있다

머리카락 펄펄 날리며

마른 국수 가락 뚝뚝

끊어먹으며

국수처럼 하얗게 웃는다

베란다 영산홍에 물을 주며

겨울 햇발 같은 국수를 기다린다

열려진 창밖으로

하늘이 맑다

그저 한없이 맑다

귀뚜라미

어린 것 장례 치루고 온 뒤부터
가슴속에 귀뚜라미 한 마리 산다

허겁지겁 달려 온 날은 멈추었고
섬뜩한 무서움도 홀연히 사라졌다

먼 데선 비가 내렸고
목이 쉬도록 같이 울었다

부엌 구석에서 울고
창틀 구석에서 울고
울타리 밖에서도 울었다

먼 것은 싫고
먼 것은 슬프다

바람은 검게 불었고
검불들은 바람에 날아가고
가로수들은 길을 비켜 서있다

외로운 손님은 가고

너도 가고

비에 젖은 나도 간다

곁

저녁마다 두드러기에 시달렸다
초대하지 않은 낯선 꽃들이
비늘처럼 부풀어 올랐고
통증은 곁이 되었다

곁에 침을 바르고 핥고 싶었다
마른 모래를 씹듯 혀가 서걱거렸다
그런 곁을 손톱으로 꾹꾹 눌러주었다

초대받지 못한 불청객들이
집요하고 질기게 머무르려 했다
뼈마디에 붙은 속살들은 쎴고
붉은 살들은 간지러웠다

내 몸에 새겨진 무늬를
손끝으로 어루만졌다
내 손으로 만질 수 있다는 건
얼마나 다행인가

항히스타민, 결 속으로 스며들자
분명했던 흔적들이 사라졌다
곁에 머문 너를 내주자
몸의 기억들이 환해졌다

꽃 진 자리에서
낯선 희열을 느꼈다

수액

산에 들어서자 다래 향기 가득하다
지난 가을 다래를 주웠던 다래나무가
수액 주머니를 대롱대롱 매달고
가쁜 숨을 몰아쉬고 있다
생의 깊은 곳이 뚫린 채
피가 계속해서 빠져 나가고 있다
측은한 마음에
주사 바늘을 확, 걷어내자
핏방울 뚝뚝 떨어졌다
저러고도 다래순이 나올까 싶어 상처 어루만져 주고
산을 내려오는데
오래전 화단에서 넘어져 부러졌던
갈비뼈에 통증이 왔다

올가을 다래는
여물기 전에 쭈글거리겠다

보호관찰

월정사 템플스테이
2박3일

불안한 눈동자들이
보호는 원하지 않고
빼앗긴 휴대폰의 출처만 관찰한다
맨밥과 산나물 배춧국엔 손도 대지 않고
피자와 통닭에 길들여진 편식은 굶는 걸 택한다

울리지 못하는 휴대폰 소리
풍경 속을 훑고 지나간다

갑자기 폭우 쏟아지자
조급함을 낙숫물에 떨구며
손을 적신다
산문 밖을 향해 젖은 손을 털자
범종이 휴대폰 소리를 내며 울린다

어디서고 살아남아

씨감자 심고 남은 감자가
비닐하우스 건조장 구석에서 싹이 트더니
밭에 심은 감자보다 더 무성하다

물을 준적도 없는데
바람을 맞은 적도 없는데
봄빛에 목숨 붙이고 잘도 살아남았다

손으로 제쳐 보니
제 몸 썩어가며 싹을 키워내고 있다
그러나 살이 붙어 있는
몸의 깊이가 너무 얕다

비록 캘 감자는 없은들 어떠리

이 세상 치열하게 살다 간
저 싱그러움
싱그러움이 내게 남아 있으니

보시

양배추 모종에

애벌레가 달라붙어

포식을 하고 있다

양배추를 먹자고

벌레를 잡긴 했는데

벌레를 죽이려니

아직 식사중이라는 듯

앙증맞은 입을 오물거리고 있다

집 냉장고에 있던

양배추 한 통을 가져다주었다

배롱나무 꽃

여름 꽃들 죄다 제치고
세상의 중심이 된 꽃

당신에게로 가서 내가 되고 싶었는데
내게로 와서 아름다운 날들이었다

사랑이 지나간 자리
담장 밑에 꽃잎 내린다
순수한 슬픔의 꽃잎들

작정 없이 시작된 사랑처럼
어떻게 해도 쓸쓸히 진다

사랑은 확인되지 못하고
끝내, 꽃으로 내린다

훗날, 배롱나무여
아무것도 기억하지 말아라

마른장마

올여름은 마른장마가 될 것이라고
감악산 등산로 입구 식당에서
김상열씨 아주머니가 말했을 때
마른번개가 쳤다

들깨모를 심어야 하는데
그 많은 비는 다 어디로 갔나
흑돼지를 구정물로 키우던
김상열씨는 또 어디로 갔나

매봉 산장에서 씨암탉 한 마리 얻어와
낙엽송에 매두었더니
강아지 무량이 날뛰기 시작 했다

저녁인데도 이상하게 환한 밤
청단풍 나무 흔들며 바람이 지나간다
같은 방향으로 그림자 어둡게
뭉개진 모습으로 앉아 있다

우란분절

벽제 승화원을 지나야만 다다를 수 있는 미타사에 갔다

하안거 마친 스님들 산문 나서고

승화원 나오는 길
영구차들 줄줄이 밀려 있다

지옥문이 열리니
저승 가는 길도 밀리는가 보다

신위에 핀 꽃

선달 그믐밤
진주강씨 은열공파 36대조
신위에서 푸른 불빛이 안개처럼 번진다
두견새가 운다
푸른 불똥이 뚝뚝 떨어진다
향불이 모락모락 피어오르는가 싶다가
이내 흩어져 버린다
등줄기로 아버지의 눈빛이 쏟아진다
가느다란 실뱀이 지나간다
스산하게 흐린 날 선명했던 인광
희미하게 잦아든다
제를 지내는 그림자들
혼불처럼 너울너울 춤을 춘다
무릎을 꿇고 세 번 나누어 술을 붓는다
재배 후 음복,
신위(神位)에 꽃이 핀다

호박잎에 대한 단상

밭두렁에 호박잎 우거져 서늘하다
맨 처음 심을 때
두엄 조금 넣어준 게 전부인데
저 혼자 끊길 듯 닿는 자리까지 뻗어 있다

연하고 부드러운 것으로 골라
까칠한 껍질 벗겨 밥솥에 넣고
한소끔 쪄내 여름내 강된장에 싸먹었다

어머니는 갈치를 씻을 때도
호박잎으로 살살 문질러 씻어
갈치 밑에 깔고 조림을 해 주셨다

간식거리가 풍성하지 않았던 시절
푸른 강낭콩 까서 밀가루에
이스트 넣고 부풀려
호박잎 맨 밑에 깔고 빵을 찌면
우린 빵처럼 부풀었다

기억이 호박 줄기 끝에 머문다

그 호박잎
지난밤 한 줄기 서리에
초죽음이 되어 풀이 죽어 있다

푸른 계절이 갔다

담쟁이

가을 뒷산을 오르다
고사목이 되어가고 있는 소나무의 허리를
친친 감고 목을 조르고 있는 담쟁이를 보았다

그 순간,
변심한 애인의 목을 졸랐다는 아침 뉴스가 떠올랐다

담벼락에 붙은 담쟁이에서는 독소가 나온다지만
소나무에 붙어 있던 담쟁이로 술을 담가 먹으면
만병통치약이라는데

담쟁이의 선택적 사랑의 결과치고는
상처받은 소나무의 참상이 너무 처참했다

돌이켜 보면, 우리는 사랑한다는 이유로
무수히 누군가의 목을 조르며 살고 있다

담쟁이를 떼어내니
떼어 낸 자리 목 졸린 자국 굵게 남아 있다

어느 날

어느 날
당신을 향한 이 마음이
끝날 날이 있겠지요
종지부를 찍을 날이
가슴 저리게 사랑한 세월
훌훌 털어버릴 날이
장미 가시에 찔린 듯 아픔이 오겠지만
내겐 이미 옛사람
사랑이 눈물을 흐르게 했으므로
그날 난 꼭 외롭게 울 것입니다

3부

사랑이 지나간 자리

나무는 뿌리째 뽑히고

돌들 쓸려가고

흙더미 무너져 내렸다

다 떠내려가

저 밑에

쌓여 있다

사실적인 이야기

연하사 뒤곁 요사채에서 며칠 머물게 되었다. 그믐쯤 되어 달빛도 거의 보이지 않는 밤, 어렵게 잠이 들었는데 수수거리는 소리에 깼다. 가슴이 서늘했다. 창밖은 칠흑같이 어두웠는데 멀리 폐가에서 불이 깜박깜박 거리는 게 보였다. 주지스님 말로는 분명 사람이 살지 않은 오래된 폐가라고 했는데 불빛이 보인 것이다. 순간, 뒷골이 당기며 동공이 커졌다. 들짐승 눈인가 의심했지만 불빛이 일정하게 깜박거리는 것으로 보아 그건 아닌 듯 했다. 무서워 말자 여긴 아무도 없다 깨어 있는 것은 나뿐이다 라고 주문을 외며 두 눈을 불빛에서 떼지 않고 바라보고 있는데 불빛이 움직이기 시작했다. 빠른 속도로 요사채로 점점 다가오는 게 보였다. 다급한 마음에 구석에 두었던 장죽을 집어 들고 여차하면 후려 칠 기세로 자세를 잡고 불빛을 기다렸다. 불빛은 순간적으로 방으로 들어왔다. 그때부터 불빛과의 사투가 시작되었다. 치고받고 얼마를 정신없이 싸웠는지 몰랐다. 시간을 가늠할 수 없었다. 서로 지쳐 갈 쯤 불빛이 먼저 포기를 하고 방을 빠져나갔다. 흠뻑 땀에 젖은 몸으로 지쳐 누워 있다 잠이 들었다.

아침에 깨어 보니 장죽은 머리맡에 있고 이불은 구석에 팽개쳐져 있고 방안은 엉망이었다. 스님과 함께 아침 공양을 마치고 멀찍이 댓돌에 앉아 스님을 쳐다보며 “스님, 간밤에 잘 주무셨나요?” 라고 묻자 “난 어젯밤 저 아랫동네에서 자고 왔는걸, 절에 없었어” 라고 하셨다.

그럼 간밤에 사투를 벌였던 불빛은 누구?

선반

삶은 보리쌀을 소쿠리에 담아 살강에 올려놓으면
보리냉갈에 토해 내던 눈물의 냄새가 난다

아버지 밥그릇 채울 만큼만 쌀을 넣어 밥을 지었다
보리쌀 부글부글 끓던 아침 지나고
정오 한 낮 고양이 발걸음 사이로
트랜지스터 라디오 목침을 베고 아버지 주무신다

오동나무 시렁에 목어가 매달려 있다
높은 곳에 있는 것들은 늘 목마르다
배고픈 목마름은 까치발의 희망
까치발엔 날개가 없다

보릿대궁 열십자로 잘라
빨간 앵두를 올려놓고 입김으로 불었다

이사

쓸만한 물건들만 골라 묶어
이삿짐 차에 싣고
반 포장 이사를 간다

지난날들의 기억을 슬프지 않게 놓고
연연할 것도 아쉬울 것도 없이
맨손처럼 가볍게 간다

함께 사랑했던 날들이 짧았다고
서러워 말자

새 집에 도착하니
마당가 햇살이 창문을 밝게 비춘다

아아, 봄 같다

꽃문은 멀다

수타사 봉황문 앞
바람 한 점 없는데
연꽃이 흔들린다

물뱀 한 마리
연잎에 똬리를 틀고 앉아
꽃을 유혹하고 있는 중이다

물속의 고요가 흩어지고 있다

자기가 흔든 파문에
어지럽게 앉아 있는 물뱀
호수에 얼비친 제 모습을 보다
유혹이 통하지 않았는지 스르르
깊은 물속으로 들어가 버린다

흔들렸던 물결 번지다 말고 멈춘다

연꽃,

다시 흰빛의 꽃문을 열었다

인심

의원 문이 닫힌 휴일 고열에 시달리다 몸살이라고 스스로 처방전을 써서 시골 약국 약사에게 내밀었다. 약사가 지어준 약을 받아드니 한 봉지에 무려 열 알이 넘는 알약이 들어 있다. 한번에 삼키기엔 너무 많은 양이였지만 달리 방법이 없어 물 두병을 비우고서야 알약을 다 삼키고 혼절하듯 잠을 자고 나니 몸이 한결 가벼워졌다. 누군가를 사랑할 때 체질의 변화가 오는 것처럼 뒤돌아 볼 수 없는 체념이 나은 결과 같았다.

몇 봉지 더 남아 있는 약 봉투에 -인심 후한 약 -이라고 써서 장롱 깊숙이 넣어뒀다.

롤리타 램피카 오드 퍼퓸

남편이 향수를 사왔다 그 많은 기념일에
변변한 선물 한 번 사온 적 없었는데
향수라니…
어찌 된 거냐고 물으니
화장대 위에 빈 병인 채로 먼지를 입고 있는
향수병을 보고 똑같은 걸로 사다주려고
며칠을 차에 싣고 다니다가
사왔노라고 했다

그 말이 램피카 향수보다 더 향기로웠다

남원주 톨게이트

마른 풀이 바람에 불려 가던 날
남원주 톨게이트를 지난다
이곳저곳으로 떠나는 사람들
재같은 마른 먼지를 나부끼고 있다
발자국을 남기지 않고 떠나려는데
통행권에 발목을 잡혀 이름을 적혔다
누군가에게 적힌다는 것
깊게 사랑해서가 아니라
짙게 미워해서 일 때도 있다
입구와 출구의 경계
나는 지금 출구로 나간 것일까
입구로 들어온 것일까
차들은 빠른 속도로 들어오고
빠른 속도로 나가고 있다
나갔던 방향에서 다시 들어오고 싶을 때도 있었지만
나갔던 길로는 다시 들어올 수 없어
엑셀레이터를 밟았다
나머지 길이 어둠에 묻힌다
길은 어디서 어디까지일까

사랑은 얼마나 멀고 긴 것일까
지나가는 차들 빠른 속도로 멀어지니
나는 점점 더 작아졌다

박삐용

지난밤
부승니드유*에는 불이 꺼지지 않았다
들락달락 하는 기억으로
박삐용이 탈출을 감행했다
현실과 환상의 차이는 지척에 있으나
절대로 넘을 수 없는 세계
으깨지고 물집 잡힌 발로 힘차게 달려
잃어버린 시절로 진입 한다
탈출에 성공 할 때 그녀는 거룩하다
한 때는 있었던 것
새벽일까 저녁일까
사라진 세월을 찾아 헤맨다
억새풀 같은 흰머리
먹을 게 넘치는데 배가 고프다

그녀가 놓친 건
기억이 아니라 기억의 시간이었다

* 노인요양시설

유성에 젖다

유성온천 간판 밑에 앉아 족욕을 했다
네온이 물 밑으로 머리를 박고 있었다
틀린 기억이어도 좋았다
편백나무 향이 설렘처럼 다가왔다

가만히 혼자 앉아서 물장구를 쳤다
발가락 사이로 파문이 다녀갔다

손바닥으로 물을 떠 마셨다
편백향이 날 줄 알고 마셨는데
나를 따라 온 발자국 냄새가 났다

통증이 떠내려가는 저녁
발밑을 쳐다보고 있었다

유성(流星)이 젖어들고 있었다

그녀의 집

잘 반죽된 하루를

뒷다리 경절에 매달고 와

문이 좁은 집으로 그녀가 들어갔다

달고 온 꽃가루들이 떨어졌다

가루는 뭉쳐지고 굳어 화분이 되었다

문은 점점 더 좁아졌고

좁을수록 화분은 쌓여만 갔다

집안에서는 숫꽃 향기가 났다

좁은 방바닥은 꺼끌꺼끌했다

도배를 해야지

행복

결혼 삼십 년 만에 이혼 한 후 외국으로 떠난 친구에게서 먼 전화가 왔다. "젊어진대도 다시 되돌아가고 싶은 시간이 없더라" 하는데 목소리가 봄 햇살같이 환하다. 들고 있던 커피 한 모금 마시고 "됐어 그럼" 이라고 말해주었다. 아직 피지 않은 목련을 보며 조만간 부신 몸짓으로 활짝 필 걸 생각하니 내가 다 설렜다.

곤드레

온종일 땡볕에서 곤드레 뜯던 그녀가 거름더미 같은 어둠이 올 쯤 대처에서 자취하는 아이에게 가져다 줄 작물 보따리를 들고 버스를 기다리고 서 있다 버스가 오자 한가득 무거워 보이는 짐을 거뜬히 들고 차에 올라 창문 쪽으로 앉는다 가난하고 고단한 삶도 모성은 저렇듯 가볍다니

외로운 버스 정류소
밭에 수북한 거름더미
찢겨진 비닐하우스

그래, 다들 외롭게 산다 위안이 없다고 수선 떨 일이 아니다 창밖 비닐하우스엔 방금 물을 준 그녀의 꿈인 곤드레가 흥건히 젖어 있으니까

그녀의 고단한 하루가 긴 그림자로 눕는다

담배 피우는 여자

내가 그녀를 처음 보았을 때
그녀는 길가에 앉아서 담배를 피우고 있었네
예쁜 입에 담배를 문 그녀를
담배 연기가 감싸고 있었네
연기는 새떼가 되고 구름이 되고 별이 되었네
그녀는 가끔 연기로 기타를 연주하기도 했네
그 소리는 긴 여운을 남겼네
어느 날 그녀를 시골 여인숙에 데리고 가 안고 잠을 잤네
그녀한테선 바람 냄새 비슷한 담배 냄새가 났네
반지를 끼워주며 아기를 낳자고 했네
아기 이름을 짓고 아버지가 되었네
아기의 눈동자를 보며 담배를 끊은 듯 보였네
이젠 믿고 살겠다 싶어 모든 걸 그녀한테 주었네
그러나 그녀는 다시 담배피던 시절로 돌아가길 원했네
마른 코스모스 같은 그녀가 떠나고
간신히 아무도 그립지 않을 무렵*
담배는 싫었지만 나는 여전히 그녀를 사랑했네

*장석남 시

저 빗속에

저 빗속에 가버린 너를 생각하며
하루를 천천히 걸어서 침잠하려 합니다

네가 없는 이 도시에서
외치고 헐떡거리며 쫓기고 쫓는
속이고 발버둥 치며 고뇌했던 일들이
죽음이라는 절멸의 상황에선
얼마나 헛된 것이었는지를 뼈저리게 느낍니다

그럼에도 살아야 했으므로
밤의 덧문이 열릴 쯤 이면
무거운 발걸음으로 쓸쓸한 불빛을 찾아
집으로 돌아갑니다

당면한 삶에 진력하는 것으로
쾌락에 빠져 버리는 것으로 너를 잊어 보려 했지만

익숙한 곳에서 생활의 관성처럼 떠오르는 너 때문에
무력한 인간으로 무모하게

또 이렇게 시리고 궁핍하게

어깨 통증처럼

진부한 하루를 표류합니다

팥배나무 꽃

양지 바른 싸리치 마을 안쪽에서 벌을 치는 봉연씨를 만나러 갔는데
아… 거기, 이상하리만치 큰 나무가 흰 꽃으로 뒤덮여 있다

-저게 무슨 꽃인가요?
-아, 저거, 팥배나무 꽃이여

팥배나무
팥배나무

저렇듯 아름다운 배나무라니

-그럼 가을에 배가 열리나요?
-배는 배인데 그 크기가 팥알만 해서 팥배나무여

팥알만 한 배 팥배
팥알만 한 배 팥배

-꽃이 활짝 핀걸 보니 이제 떠날 때가 됐어

팔배 꽃이 활짝 피면 아카시아 꿀을 뜨러 멀리 떠나는 봉연씨
화사하게 꽃피웠던 젊은 날이 나무 밑에 걸려있다

봉연씨 떠나고 나서도 팔배 꽃 한동안 피어 있었다

그 흰 꽃나무 아래서 오래도록
서성이며
서성이며

입석대

늦은 오후
치악산 입석대 오르는 길
절 앞마당에 걸려 있어야 할 연등
접도구역 돌말뚝에 걸려 있다
입석 제단에 수삼 한 채 올려놓고
머리채를 흔들며 접신하는 무녀
혼자 알고 죽을 비밀을
손바닥에 새기고 있다

절에 오시면 부처님을 맨 먼저 뵈어야 합니다
입석이 용하다고 부처님을 무시하고 입석만 보고 가시면 안됩니다

저녁 공양도 마다한 채
입석을 올려다보는 노승 꼿꼿이 서 있다

대웅전 아래 뜰
긴 한숨이 휩쓸고 지나 간다

벌초

풀을 벤다는 게
여치를 베었다
비명을 지르기 전에 풀덤불 허공을 뛰어 내렸지만
날벼락에 꽁지 끝이 날아가 버렸다
베어진 상처가 욱신거렸다
여름 한철 살았던 곳을 빼앗겼다
안온했던 영토가 사라져 버렸다

따가운 햇살이 그 위에 앉아
숨을 죽이고 있다

깨끗해진 봉분

환하게 고요하다

4부

어스름녘이면 집에 가고 싶다

어스름 녘
굴뚝에서 저녁 짓는 연기 올라오면
어디서고 하던 일 멈추고 집에 가고 싶다

집에 가서 저녁 짓는 엄마가 보고 싶다
무시레기 된장국 숯불에서 끓고 있고
하얀 쌀밥 뜸 들이는 부엌 마당에 들어서면
비로소 마음이 환해진다

싸리 빗자루로 마당을 쓸고
아버지와 오빠는 겸상을 하고
나와 어머니와 여동생은 한 상에서
두런두런 얘기 나누며 저녁을 먹는다

굴뚝에서는 덜 마른 푸장나무 타는 냄새가
건초마냥 향기롭고 어둠이 안개 빛깔에서
먹물 빛깔로 바뀔 쯤 소쩍새 울음소리 듣다
잠이 든다

어디로 갔지?

수시로 열던 창고 열쇠를 찾느라
거실 선반, 안방 책상서랍, 부엌 싱크대
주변을 다 뒤지듯 살펴보았다
평소 잘 열어보지 않는 신발장 서랍까지
뒤졌지만 없다 말끔히 사라진 열쇠

순간
사라진 것이 열쇠가 아니라 내 기억이란 걸 알았다
나도 이젠 열쇠가 필요한 나이가 되었다

기억에 덜미 잡힌 게 아쉬웠지만
애써 별일 아닌 듯 마당으로 나왔다
비 지나고 나서인지 사방이 잘 보인다
조금 전 일도 다 잊어먹었다

머리 쓸어 묶고
서둘러 나를 움직인다

어디로 갔지?

내 신발?

개망초꽃

일 년에 한 번씩 근무지를 옮겨 다니는 그녀가
발령을 받아 떠나면서 악수를 청하며 인사말을 했다
-이 생애 우리가 다시 만날 수 있을까?
-못 만나게 되더라도 잘 지내라
가볍게 생각하고 악수하다 그 말을 들으니 슬펐다
만났다 헤어지고 다시 만나지 못하고
소식 끊긴 사람들 너무 많았다
어딘가에 상처 남아 있겠지
봄에서 여름으로 넘어가는 계절
개망초꽃 그 아름다움이 절정을 이루고 있다
달짝지근한 꽃향기 몸으로 스며온다
사람은 없어도 계절은 바뀌고 꽃은 핀다는 사실
다시 만나지 못했던 사람들
낮엔 낮새 울고 밤엔 밤새 우니
어디서고 그 소리 듣겠지

너를 데리고

너를 데리고
지름길을 피해
돌아가는 길을 택한 것은
그 길가에
산수유가 많이 피었기 때문이다

너를 데리고
강가에 앉아
물수제비를 뜨는 것은
너 때문에 파문이 이는
내 마음이 전해지길 바라는 마음 때문이다

너의 성격은 나에겐 고고한 매화였고
웃음은 화사한 벚꽃이었으며
자태는 하늘하늘 코스모스였고
7부 능선에 내려온 고운 단풍이었다

너는 과장된 기억의 흔적이다

등기사항증명서

(말소사항 포함)

등기소에 가면

잃어버린 전생을 찾을 수 있을까 *

표제부-신림면 신림리 성황림 산 192번지

312.993제곱미터

천연기념물 93호 보존관리지역(신들의 숲)

갑 구-소유권에 관한 사항

소유권보존-치악산 성황신

소유자-소나무, 전나무, 귀룽나무, 졸참나무, 갈참나무 신목(神木)들

(계절마다 등기명의인 표시변경)

노루귀, 현호색, 복수초, 애기똥풀, 천남성 신초(神草)들

을 구-소유권 이외의 권리에 관한 사항

근저당권자-300년 동안 성황림 지키고 있는 전나무

채권최고액-성황림 영구보존

채무자-마을의 안녕과 평화, 풍년 기원하는 주민들

- 이 하 여 백 -

열람일시 : 2016년06월02일 19시11분51초

등기소에 가면
등기이전 안하고 옮겨간 전생이 금줄에 매달려 있다
열람은 금지

* 이수익 「우울한 샹송」 변용

바다로 간 여자

-손 없이 살다 가신 큰할머니

100년을 무연고 묘 속에서
입을 지우고
눈을 지우고
몸 전체를 지운 여자

눈이 파랗다
입이 파랗다
발목이 파랗다

너무 파래서
차마 손으로 들 수 없는 여자를
바다로 모셨다

그녀가 맨발로 모래펄 위를 걸어
흰 파도 속으로 걸어 들어갔다

이제 그녀가 남긴 발자취는
바람이 되었고
물이 되었고

본디부터 없었던 것이 되었다

슬픈 여자, 안녕

다래

다래를 주우러 뒷산을 오르다
뱀을 밟았다
나보다 뱀이 더 놀랐다
뱀보다 사위(四圍)가 더 놀랐다

뭔가와 맞섰을 때의 공포
내 속의 신음까지 감지 됐다

어디론가 뱀은 사라졌지만
내겐 공포만 남았다

다래넝쿨도 뱀으로 보이고
굽은 삭정이도 뱀으로 보였다

산에 있는 모든 것들이
모두 뱀으로 보였다

서둘러 내려 온 길

뒤돌아보니
온 산에 뱀들만 우글거리고 있었다

벚꽃 역

세숫대야에 옷 한 벌, 신발 한 켤레 담아
치악역 폐선 끝에 자리한 대성암으로
사십구재 지내러 갔다
명부전에 벚꽃 잎 먼저 와 합장하고 앉아 있다
제 지낸 후 인사도 말고 아는 체도 말고
돌아가라는 노스님 말씀 따라
이 생의 기억 사리탑 옆에 묻고 내려오니
오던 길이 먼저 지워지고 없다

콩 꽃

콩 꽃을 닮은 어머니가
가볍게 넘어지고
다시는 일어설 수 없을 줄
처음엔 아무도 몰랐지요
종일 콩밭에 나가 돌을 골랐지요
콩밭 열무를 뽑아 김치를 했고
그리고 당신을 생각했지요
콩잎을 들치고 앉자
풋콩 속 같은 풋내 풍기며
거기 고개 숙인 콩 꽃
당신,
언제 오셨다 가셨나요

렌의 애가 *

어둠속에 파묻힌 푸른 밤하늘
허공 속에서 너의 목소리가 들립니다
작은 책상에 앉아 있습니다
램프는 피곤한 듯 졸고 있지만
수면은 밤과 작별을 합니다
나는 침상으로 가 잠들기 보다
창문에 기대어 서 있었습니다
자작나무 숲에선 미풍이 지나가고
가느다란 실노래를 부르던 낙엽이
우수수 굴러갑니다
파동되어 가던 조심스런 노래
저렇게 많은 별이 수면에 널린 하늘
별무리들이 광채를 내며 반짝거립니다
뭇별들의 순결과 구름밭
별을 호흡하기 위해 다시 창가에 서 있었습니다
밤이 깊도록 결말은 없습니다
공상에 수를 놓고 이슬로 밤을 건너 갑니다
바람은 또 어디서 그렇게 불어 온 것일까요
멀지 않은 곳에 강이 있는지 물결소리 들립니다

멀리 뭇개 짖는 소리도 들립니다
물결소리는 혼란한 길을 가는지
미풍의 안내를 받으며 흩어집니다
적막이 대문에 기대앉아
잠들지 못한 채 함빡 졸고 있습니다

* 모윤숙 수필

오세암

오세암 가는 길 냇가에서
하얀 돌멩이를 주웠다

오랜 시간 곱게 다듬어진 게
꼭 아기동자 머리 같다
돌의 숨결이 따뜻하다

그 모습이 하도 귀여워서
텔레비전 옆에 올려놓고
수시로 바라보았다

그러던 어느 날
백담사 오세암에서
아기동자 한 분이 사라졌다는
뉴스를 보았다

귀엽던 하얀 돌멩이
처음 있었던 자리가 아니다

그 밤에
무슨 일이 있었던 것일까

누진다초점 안경

시인들의
어머니에 대한 시를 읽다보면 눈물이 난다

아들이
첫 월급 탔다고
누진다초점 안경을 맞춰줬다

다초점에 익숙하지 않아
자꾸만
눈가가 젖는다

열무 단

열무 농사 지어 머리에 이고 손에 들고
십리 길 걸어 엄마 따라 장에 가던 날
이 열무 팔아 새 운동화 사준다는 말에
가는 걸음 껑충껑충 달려갔는데

열무 사려 열무 사려 행여 누가 이 열무 사줄까
목을 빼고 기다려도 해가 뉘엿뉘엿 할 때까지
엄마 열무 그대로다

새 운동화 못 사는 건 괜찮은데
이 열무 누가 사줬으면

못다 판 열무 이고 다시 집으로 돌아오던 길
엄마가 그랬다
국수 한 그릇 먹을련?

그날 국수는 왜 그렇게 맛있던지

꽃포대기의 노래

좋아하는 사람 생겨 결혼하겠다고 했다
아무것도 해줄 게 없구나 하시면서
밭 귀퉁이에 손수 심은 목화 솜 틀어
이불 한 채 꿰매 주셨다

첫아이 출산 소식 전해 듣고
키우던 장닭에 산 잔대 듬뿍 넣어 고아
한 사발 마시거라 하셨다
돌아가시는 길 열차 역에서 전화 하셨다
아이 이불 밑에 이만 원 넣고 왔으니
미역국에 쇠고기 넣어 끓여라 하시면서
눈물 지으셨다
난 그 이만 원으로 꽃포대기 사서
두 아이 업어 키웠다

두 아이 걸어 다닐 쯤
다니러 가겠다고 하면
열차 도착하기 몇 시간 전부터 역에 나와
기다리다 반갑게 맞아주시며

이 음식 저 음식 만드느라
날아다니듯 바쁜 걸음은 가볍기만 했다

돌아갈 시간 되면
고사리, 팥, 콩, 참기름 챙기느라
더욱 분주해지고 버스 떠나고
신작로의 뿌연 먼지 가라앉아
어둑어둑 해질 때까지 그곳에
눈을 떼지 못하고
서성이셨다 어머니!

도시 속의 야인

내가 그 집에 들어섰을 때

처음엔 오랫동안 빈집인줄 알았어

마당의 마른 잡풀줄기들은 제멋대로 자라 한길이나 되었고

부서져 가는 문짝은 쇠고리 하나에 걸려있고 열린 적이 없었으니까

밤낮으로 불빛이 켜진 걸 본 사람도 없었지

그런데 그 집 무쇠 솥엔 흰 쌀죽이 한가득 했어

방안에서 늙어가는 목숨 둘이 배불리 먹을 수 있는 죽이었지

대낮인데도 어두운 방안에 두 얼굴이 있었지

남자로 보이는 노인은 몸이 아픈지 누워 있었고

다른 한쪽에 두 다리를 오므린 채

눈먼 여자가 성경을 가느다랗게 외고 있었어

오랜 침묵에 쌓인 그 집에 내 발자국 소리가 들리자

조금 떨어진 뒷방에서 머리를 빡빡 깎은 사내가 나왔어

얼굴에도 머리에도 길다란 벌레가 기어다니고 있었어

어디서 쌀을 구해와 모두 잠든 시간에 죽을 쑨 사내였지

그 사내는 망설임 없이 유창한 영어로 말했어

no means no

아주 확고했어

나는 그곳에서 더 이상 아무 말 않고 길을 나섰어

다시 그 집은 침묵에 싸였고 야인들의 세상이 됐지

부레

꺽지를 낚아 몸통을 가르니
부레가 터질 듯 부풀어 있다
파열된 내장을 보호하고 있다

지인들 모임을 갔다 온 날이면
내 가슴속 부레도 저렇게 부풀었었다
아무도 눈치 채지 못하는 부레를
가슴속에 숨기고 살았다

입 따로 몸 따로 인 본색들
세치 혀놀림으로 잘도 속였다

터지기 일보직전까지 간 적도 많지만
자연스럽게 가라앉을 때 까지
공기를 빼며 하강을 했다
그러면 어느 순간
아무 일 없이 살아졌다

마냥 부푼 꺽지의 부레를

내장과 함께 뱃속에 다시 넣어 주려는데
자꾸 몸 밖으로 기어 나왔다
한번 터진 삶은
아무 일 없이 살아지지 않았다

고라니

집 나선 어린 고라니
브레이크 없는 속력에
허공으로 날았다 처박힌다
치솟았던 다리 공중에서 맴돌다 스러지고
검은 그림자가 그 뒤를 따르고 있다

아이를 찾는 엄마의 목소리가
금속성을 찢지만 더 이상 대답이 없다
묵정밭의 망초만 흔들릴 뿐

시간이 흐를수록
아이를 찾을 가망이 없어지자
어미 눈에선 실핏줄이 터지고
목청은 쉬어 버린 지 오래다

새벽엔 비가 내렸고
아이 찾기를 포기한 엄마
마른 숨을 토해낸다

지켜주지 못했다는 자책에

아린 기억들 허공을 맴돌고

귓전에선 수천마리 벌떼가 운다

발문

사랑이 지나간 자리

박세현 (시인)

어스름녘
굴뚝에서 저녁 짓는 연기 올라오면
어디서고 하던 일 멈추고 집에 가고 싶다

집에 가서 저녁 짓는 엄마가 보고 싶다
무시레기 된장국 숯불에서 끓고 있고
하얀 쌀밥 뜸 들이는 부엌 마당에 들어서면
비로소 마음이 환해진다

싸리 빗자루로 마당을 쓸고
아버지와 오빠는 겸상을 하고
나와 어머니와 여동생은 한 상에서
두런두런 얘기 나누며 저녁을 먹는다

굴뚝에서는 덜 마른 푸장나무 타는 냄새가
건초마냥 향기롭고 어둠이 안개 빛깔에서
먹물 빛깔로 바뀔 쯤 소쩍새 울음소리 듣다
잠이 든다

시집은 집이다. 강선영은 집을 가지게 되어 좋겠다. 시집은 부동산 개념은 아니지만 생애 처음으로 그가 등기하는 집이다. 그동안 그녀는 무주택자였던 셈. 길 위에서 노숙인으로 떠돌았던 것이다. 아파트살림에서 단독주택으로 이사하는 장면이다. 이제 그는 자신만의 집에 깃든다. 살림살이 나아졌냐고 물어야 되는 시점이다. 집 장만한 소감은 어떠세요? 이사 간 동네는 괜찮으세요? 당분간 그리고 오랫동안 강선영은 이런 자기 질문 속에 살 것이고 살아가게 될 것이다.

강선영 앞에 시인을 찍으면 시인 강선영이 된다. 무슨 의미가 되는가. 물으나마나 강선영의 자연인이 시인이라는 낱말 속으로 입장하는 순간이다. 그러면 또 어떻게 되는가. 물으나 마나 이제 강선영은 시 쓰는 강선영이 된다. 누구에게나 그렇듯이, 강선영에게도 예외없이 시인은 영광이자 굴레가 된다. 영광같은 굴레이고, 굴레같은 영광이다. 가시가 달린 면류관을 쓰게 된 것이다, 그것도 손수. 스스로 머리에 얹었지만 스스로는 벗을 수 없는 모순의 관을 시인은 종신토록 머리에 얹고 살아야 한다. 그는 이 관을 쓰고 싶어 열망했지만 어쩌면 그런 관례를 주저해왔을 수도 있다. 그러나, '어쩔 수 없이' 시집이라는 자아의 집 속으로 걸어들어가는 필연은 누구에게나 있다. 설명이 필요없는 장면이다. 시인은 마음을 비우는 자가 아니라 마음 있어 괴로운 자라 했던가. 당신은 왜 시인이라는 더러운 운명 속으로 입장했는가? 그 질문은 일반인(?) 강선영이 시인 강선영에게 물을 차례다. 그가 쓴 시편들과 언어질서가 대답이다.

발문의 프롤로그로 올려놓은 시는 시집의 정신적 환경이자 시집 전반의 주조음이다. 크게 새로울 것도 없고 특별한 수사학도 없지만 가슴에 닿는 게 있다. 도시에서 태어나고 자랐기에 잘 모르겠다구요? 그럴 수도 있겠습니다. 다시 한 번 읽어보세요. 주민번호가 6으로 시작 되는 사람과 더러는 7자까지도 이 시의 감응력으로부터 자유롭지 못하리라 생각한다. 시의 배후가 되는 사회사적 맥락과 관련되는 정서들이다. 1960년대와 1970년대를 통과했던 대한민국의 주요한 풍경이기 때문이다. 강선영은 이 시에 「어스름녘이면 집에 가고 싶다」는 제목을 붙였다. 발문자의 눈에는 이것이 이 시집의 시적 진실일 거라고 믿는다. 두 개의 키워드가 하나의 문장 속에 녹았다. 어스름과 집. 본능과 본원이 만나고 있다. 집은 물리적 주거공간이지만 강선영에게 집은 좀 더 본원적인 자신의 근거다. 정신적 지번이다. 너무 나간 건가? 자신이 그토록 애타하던 사람과 붙잡고 싶었던 정황과 몌별했던 슬픔들을 불러들이고 싶은 장소가 시인의 집(topos)이다. 누구나 자기 안에 자신이 숨을 수 있는 장소를 가지고 싶어한다. 그러나 그럼에도 불구하고 이제는 어디에도 없는 장소(atopos)가 또한 강선영이 기대고 있는 장소다. 사라진 장소와 대상으로부터 기원하는 상처가 깃들 곳을 찾지 못하고 몸과 마음의 여기저기를 아프게 쑤시고 있다. 강선영의 시는 그래서 온몸 여기저기 긁고, 진물이 흐르고, 아물고, 아물었던 데 다시 헐고, 긁었던 데 다시 긁고, 아예 안 가려운 척 하게 되는 아토피적 증상의 시라고 타자해 본다.

강선영의 어스름녘은 그의 가뭇한 시선과 마음과 몸과 추억과 아련함이 도달한 지점을 요약한다. 보이는 것도 아니지만 안 보이는 것도 아닌 이성과 감성의 양 극단이 양보된 지평이 시인의 어스름이다. 낯설지만 익숙하고 익숙하지만 낯선 채로 직면해야 하는 순간이 시인의 어스름녘이다. 시인들에게 어스름이 유혹적인 것도 이런 까닭이다.

열무 농사 지어 머리에 이고 손에 들고
십리 길 걸어 엄마 따라 장에 가던 날
이 열무 팔아 새 운동화 사준다는 말에
가는 걸음 껑충껑충 달려갔는데

열무 사려 열무 사려 행여 누가 이 열무 사줄까
목을 빼고 기다려도 해가 뉘엿뉘엿 할 때까지
엄마 열무 그대로다

새 운동화 못 사는 건 괜찮은데
이 열무 누가 사줬으면

못 다 판 열무 이고 다시 집으로 돌아오던 길
엄마가 그랬다
국수 한 그릇 먹을련?

그날 국수는 왜 그렇게 맛있던지

이 시는 제목이 뭐지? 시 전체가 제목이었으면 좋겠다. 시의 세부들이 하나의 제목으로 수렴되는 것은 온당치 않다. 그래서 때로 제목이 없는 것이 옳기도 한데 이 시가 그렇게 읽힌다. 이 시 읽으면 그렇다. 지금의 정서와 과거의 정서는 동급도 아니고 교환되는 것도 아니다. 과거사에 연연하면 꼰대가 되기 쉽지만 시인은 기억에 목 매는 자들이기도 하다. 시 「열무 단」을 읽으면, 이 시집이 출발하는 정서의 기원이 보인다. 기형도의 「엄마 걱정」 변주로 읽히는 시는 거개 1960년대 태생들의 '유년의 윗목'으로 읽힌다. 새 운동화가 신고 싶은 마음과 해가 질 때까지 팔리지 않고 있는 열무 사이에 놓은 어린 초조감! 발문 작성자는 이 대목에서 몇 행 쉬어간다. 어떤 시도 발문이나 해설 따위의 논리에 지배당하지 않는다. 그 모순을 저지르고 있는 발문자를 달래려고 잠시 쉰다. 시에서 감동처럼 더러운 것도 없다. 그것은 언어라는 환상으로 독자의 자연을 쓸데없이 오염시키는 유해요인이기 때문이다. 그렇다면 나는 지금 오염 중이다. 해독제를 삼키고 다음 줄을 써야 한다. 우리에게는 누구나 '못다 판 열무' 한 단씩 가슴에 품고 있는 게 아니겠는가. 헐값에도 끝내 팔리지 않는 열무단으로 인해 삶은 어이없는 삶이 되고 만다. 써 놓고 보니 슬픈 말이다. 우리 안에 잠자고 있던 어린 것을 깨워서 박자감 없이 훌쩍이게 만드는 나쁜 시다. 국수맛이 좋을수록 그렇다. 휴일 오후에 남편이 끓여주는 국수를 먹으며 '국수처럼 하얗게 웃는' 시 속의 여자는 열무단 팔러 갔던 엄마이면서 새 운동화가 신고 싶어 엄마를 따라나섰던 그 어린 것이기도 하다. 오랜만에 엄마와 딸은 이렇게 한 표정 위에서 만나고 있다.

첫아이 출산 소식 전해 듣고
키우던 장닭에 산 잔대 듬뿍 넣어 고아
한 사발 마시거라 하셨다
돌아가시는 길 열차 역에서 전화하셨다
아이 이불 밑에 이만원 넣고 왔으니
미역국에 쇠고기 넣어 끓여라 하시면서

눈물 지으셨다
난 그 이만원으로 꽃포대기 사서
두 아이 업어 키웠다

이것은 시가 아니면서 시가 되고 있는 범례다. 한 여자의 역사다. 몸에 새겨진 문신이다. 이 시를 읽으면서 '나도 그랬지' 라고 공명할 수 있는 세대의 대표 고백이다. 역사니 민족이니 모국어니 하는 개념들이 어디론가 사라진 시대를 우리는 정신없이 살아가고 있다. 국적불명의 혼성모방을 살아내고 있는 사람들에게 꽃포대기는 꽃포대기같은 소리가 되기 십상이다. 평범하고 단순하기 그지없는 문장들의 배열은 생각보다 크게 시의 정서적 볼륨을 높혀 놓는다. 우리가 걸어나온 골목으로 데려가 골목 입구를 서성이게 만들면서 지금 선 자리의 발밑을 돌아보게 만든다. 나는 지금 어디에 있는가와 같은 각성이 어머니라는 언어를 통해 새삼스러워지는 장면이다. 과거로부터 한 발짝도 도망가지 못한 그 자리에 시인의 어머니가 서 있다. '울퉁불퉁해진 낡은 신발' 로 어느 날은 '콩꽃' 이미지로 시인의 생각 주변을 선회한다. 강선영의 시 속에서 어머니는 사라지지 않고 끊임없이 되돌아온다. 어머니는 사랑의 한 축이다. 사랑의 없어진 한 축이다. 없어져버린 빈 자리가 '사랑이 지나간 자리' 다. 없는 자리도 자리다. 많은 강선영의 시는 이렇게 자기 삶의 빈 자리를 향한 담담한 돌아봄으로 읽힌다. 무엇이 지나갔는

가. 사랑이 지나갔다. 사랑은 무엇인가. 어머니와 어머니보다 더 현실적인 열망을 투사했지만 이제는 없어져버린 대상에 대한 갈망과 애도가 그것이다. 시집 안에는 상실을 다룬 여러 편의 시가 등장한다. 몇 번 망설이다가 시를 인용한다.

어린 것 장례 치루고 온 뒤부터
가슴 속에 귀뚜라미 한 마리 산다

허겁지겁 달려 온 날은 멈추었고
섬뜩한 무서움도 홀연히 사라졌다

먼 데선 비가 내리고 있었고
목이 쉬도록 같이 울었다

부엌 구석에서 울고
창틀 구석에서 울고
울타리 밖에서도 울었다

먼 것은 싫고
먼 것은 슬프다

바람은 검게 불었고
검불들은 바람에 날아가고

가로수들은 길을 비켜 서있다

외로운 손님은 가고
너도 가고
비에 젖은 나도 간다

설명이나 해설은 지저분하고 구차하다. 호불호는 췌언이자 객담이다. 취향도 양보된다. 대상이 누구이든 무엇이든 '어린 것'의 장례는 비통하다. 슬픔을 편곡한들 속절 없듯이 절대적 슬픔 앞에 당면한 감정은 수사법을 궁리할 겨를이 없다. 이런 감정을 시창작 강사한테 자문할 수는 없지 않은가. 시의 제목은 「귀뚜라미」다. 발문자는 시의 시다운 점에 대해 떠들려는 게 아니다. 이 시의 귀뚜라미는 시집 전체의 속울음을 대신 울어주는 곡비적 존재이다. 시집의 종지(宗旨) 즉 핵심, 슬픔의 종지, 시인의 종지가 여기에 있다. 아니라면 어떡하지. 발문이 그렇다면 그런 것이다. 「벚꽃 역」은 「귀뚜라미」의 속편이다. 사십구재를 다룬 시다. '이 생의 기억 사리탑 옆에 묻고 내려오니/오던 길이 먼저 지워지고 없다' 여기까지 쓰고 발문은 주춤거린다. 내가 받아들이고 감당할 수 없는 정서를 트라우마라고 한다면 강선영의 사랑은 트라우마의 다른 이름이 된다. 이제 발문자는 워드를 멈추고 입을 다무는 것이 예의다. 시 한줄 때문에 마음이 흔들리는 것이 아니라 흔들릴 수밖에 없을 때만 마음은 마음대로 흔들린다. 마음을 마음으로 달래야 하는데 마음을 언어로 달랠 때 마음은 길을 잃는다. '오던 길이 먼저 지워지고 없'는 이 시적 정황이 그러하다.

이쯤에서 강선영 시집의 '집'을 궁리해본다. 그가 지은 집은 시집이고, 시집은 언어의 구조물이자 영혼의 거처다. 이 문장은 강선영 시인에게 특히 그렇다. 자기 삶의 통증을 잠시 맡겨두어야 할 곳이 시인의 시였으리라. 강시인은 충실하게 언어에 기대어왔다. 시인은 언어에 목 매고 언어에 의탁해서 한시절을 건너간다. 그러나, 언어는 언제나 시인을 배신한다. 언어에 기만당하는 것이 시인의 운명. 의미와 언어 사잇길에서 마음 괴로운 자가 시인이다. 사랑에 속고 돈에 운다는 저 옛날옛적 대중가요의 가사는 시인과 언어와의 상관성에 대입해도 되겠다. 시인은 그 더러운 운명 속에 가로놓인 존재다. 뼈아픈 슬픔을 함축할 수 있는 대안은 그나마 언어라는 초라한 흔적밖에 없기 때문이다. 시인이 시를 버리지 못하고 언어에 붙잡히는 까닭이다. 이것이 시집이라는 얄궂은 거처를 끌어안게 되는 강선영의 사연이기도 하다.

할말은 다 한 듯 하다. 계산해보니 이백자 원고지 30매 분량이다. 분량이 좀 적다. 커피 한 잔 마시면서 생각해보니 발문에서 꼭 다루려고 했던 대목이 빠져 있었다. 다행이다. 발문을 의뢰받을 때 넘겨받은 a4의 날원고를 들여다보면서 기억에 남아돌던 모종의 시는 「모종」의 첫줄 '텃밭에서 호미를 쥐고' 였다. 귀촌이라는 말이 먼저 떠올랐던 심심한 시구였다. 그러나 원고들을 읽고 난 뒤에 온 생각은 좀 그리고 많이 달라졌다. 이미지만으로 본다면 텃밭에서 호밋자루를 쥐고 콩밭 매는 한가로운 여자가 그려진다. 혼란스러웠던 시인의 종지들을 읽고 났을 때 '텃밭에서 호미를' 쥔 그림의 한가로움은 그 한가로움이 아니었다. 눈물없이 울었던 시간들, 아무리 쓸어내도 쓸려지지 않는 아픈 것들, 너를 보내고, 가슴 속에 숨기고 살았으나 터져버린 부레, 못 다 판 열무단, 다초점 안경이 익숙하지 않은 나이, 열쇠가 필요한 나이에 그녀는 종합적으로 도착했다. 그 자리는 사랑이 지나간 자리다. 휑한 텃밭 또한 사랑이 지나간 자리를 환기한다. 이것은 너절한 비유가 아니다. 이것저것, 저것이것의 오랜 상실감 앞에서 시인은 단지 호미를 쥐고 있다. 호미로 김을 매겠지. 잡초(라고 하면 안되지만 중심에서 벗어나면 다 잡개념에 포섭된다)를 뽑고, 뜻없이 거기 박혀 있는 작은 돌멩이들의 등을 긁어주겠지. 고추, 콩 등을 심고 뽑고 하겠지. 그 일련의 동작을 만들어주는 도구가 호미다. 발문은 이 순간을 주목한다. 미리 말하자면 강선영은 텃밭과 특히 호미에 감사할 일이다. 호미를 들고 구덩이를 파고 고추모를 이식하는 순간은 자작의 농사지만 그 순간의 호미는 시인의 언어와 같은 기능을 수행한다. 머릿 속에 남아 있던 생각들은 시인의 팔로 내려오고 손목으로 흘러들어 호미끝을 타고 텃밭 고추 모종 속으로 스며든다. 지나간 사랑을 잊어버리거나 그것들과 깊은 화해의 시간을 갖는다. 마음 속에 딱딱한 것들을 깨고, 부수고, 긁어모으고, 고랑을 만든다. 언어에 의지하듯이 이번에는 호미에 의지해서 사랑이 지나간 자리를 채우고 덮어가린다. 그래서 이 풍경은 롱테이크의 프레임으로 보자면, 한가롭고 평화로우며 조화롭고 결점 없는 풍경이 된다. 일요화가가 그려낸 풍경화의 한 장면으로 보일 것이다. 물론 그림을 보고 평화를 떠올리는 것은 그렇게 보는 자의 자기 기만이다. 자기 기만 없이 행복은 없다. 행복해서 행복한 것이 아니라 행복하기 위해 호밋자루를 들고 텃밭에 앉아 있는 이런 숨고름의 순간들이 산 너머 저쪽의 행복을 데려오기도 한다는 소식을 강조하는 바이다. 시는 다음과 같음.

텃밭에서 호미를 쥐고
구덩이를 파고
고추모를 이식했다

햇빛이 사라진 오후에
물을 주었더니
고추모 혈관을 타고
물이 흠뻑 스며들었다

간밤에 뚝뚝 끊어 쓴 시도
텃밭에 이식을 하면
잘 자랄 수 있을까

흙의 잣대로 시를 심었더니
흙이 발목을 잡는데 가볍다

며칠이 지나고 고추모에서
하얀 꽃이 피었다

사랑이 지나간 자리가 사랑스럽다. 비로소 몸 전체를 지운 여자의 표정과 손길이 눈에 잡힌다. 좀 시건방지게 말하자면 이것이 고통의 역설일 것이다. 고통과 상처를 내 안에서 삭이면서(삭이는 척 하면서) 텃밭에서 호미를 쥐고 있는 장면은 이 시집이 도달한 내밀한 토포스다. 시인이 완성해나가는 자기 이미지라고도 해야 겠다. 담담하고 덤덤하고 무덤덤한 문장이 감정의 간격을 조율하고 있다. 시의 마지막 줄에 피어 있는 '하얀 꽃' 은 강선영 시의 도착 지점이다. 기쁨과 슬픔으로 가꾼 시인의 꽃이다. 발문자는 지금 하얀 꽃 앞에 서 있다. 시보다 먼저 핀 한 송이 저 하얀 꽃이 꽃보다 희다.

잘 쓰는 시인은 널려 있지만 거기까지다. 그래서 뭐? 앞에서 힘을 잃는다. 그러기에 시를 잘 쓴다는 말은 일종의 야유가 된다. 대개의 시인들은 시가 아니라 자존심에서 패배한다. 무슨 말인가. 나도 내가 모르는 말을 할 때가 있다. 지금이 그때다. 발문을 마치고 곰곰이 생각해보겠다. 시인은 남의 다리를 긁지 않겠다고 서원한 자들이다(아닌 자들은 빼고). 강선영의 첫시집 발문은 그의 시 줄기를 따라 떠내려가듯이 여기까지 왔다. 시인의 집이 시집임을 강조하며 떠들어댔다. 정신을 담는 그릇이 시라고는 하지 않겠다. 그래도 누군가는 삶이 허황할 때마다 '우연에 기대듯이' 시에 기댄다. 그것이 옳은가 덜 옳은가를 시는 판단하지 않는다. 스무살이 넘어서도 시를 쓰려는 자는 역사의식을 가져야 한다고 말했던 서양시인이 있었지만 쉰이 넘어서도 시를 쓰겠다고 나섰다면 먼저 시적인 자존심을 지녀가져야 한다. 역시 발문의 무책임한 문장이다. 시인은 자기 언어 속으로 그곳이 마치 진짜 자기의 집인 양 문을 열고 들어가는 존재들이다. 좋은 시인은 대개 자기의 집을 짓고 그 속에서 살아간다. 일가를 이룬다고 했던가. 더 좋은 시인은 앞문으로 들어가면서 뒷문으로 빠져나간다. 이 집이 아닌가봐! 강선영의 시집이 그러나 '텃밭에서 호미를 쥔' 풍경으로, 음악으로, 시보다 더한 시로 지속가능하기를 바란다. 끝.

집에 가고 싶다

2017년 11월 25일 초판 1쇄 인쇄
2017년 11월 30일 초판 1쇄 발행

—

지은이 강선영
펴낸이 강송숙
디자인 더블유코퍼레이션, 나니
인 쇄 더블유코퍼레이션
펴낸곳 오비올프레스

—

ISBN 979-11-959218-7-4

—

출판등록 2016년 9월 29일 제 419-2016-000023호
주소 강원도 원주시 무실새골길 52
전자우편 oballpress@gmail.com

—

당신이 평창입니다. It's you, PyeongChang
" 이 책은 강원도, 강원문화재단 후원으로 발간되었음"

이 도서의 국립중앙도서관 출판예정도서목록(CIP)은 서지정보유통지원시스템 홈페이지(http://seoji.nl.go.kr)와 국가자료공동목록시스템(http://www.nl.go.kr/kolisnet)에서 이용하실 수 있습니다.
(CIP제어번호 : CIP2017026713)